掌心朝上

石慧琳◎著

黄河出版传媒集团
宁夏人民出版社

图书在版编目（CIP）数据

掌心朝上 /石慧琳 著. —银川：宁夏人民出版社，2017.7

ISBN 978-7-227-06706-1

Ⅰ.①掌… Ⅱ.①石… Ⅲ.①诗集—中国—当代 Ⅳ.①I227

中国版本图书馆 CIP 数据核字（2017）第 174280 号

掌心朝上 石慧琳 著

责任编辑 杨敏媛
封面设计 王 稳
责任印制 肖 艳

黄河出版传媒集团
宁夏人民出版社 出版发行

出 版 人 王杨宝
地 址 宁夏银川市北京东路 139 号出版大厦（750001）
网 址 http://www.nxpph.com http://www.yrpubm.com
网上书店 http://shop126547358.taobao.com http://www.hh-book.com
电子信箱 nxrmcbs@126.com renminshe@yrpubm.com
邮购电话 0951-5019391 5052104
经 销 全国新华书店
印刷装订 四川金邦印务有限公司
印刷委托书号 （宁）0005640

开本 880mm×1230mm 1/32
印张 5.5 字数 150 千字
版次 2017 年 8 月第 1 版
印次 2017 年 8 月第 1 次印刷
书号 ISBN 978-7-227-06706-1
定价 30.00 元

序

像水珠滴落大地

吴昕孺

我没见慧琳之前，就已经有了她的微信。我一直以为她是吉首大学的老师，直到去年 4 月，好友胡建文邀请我去吉首大学和同学们交流诗歌和阅读心得，才知道她还是一名刚刚 20 岁的在校大学生，而且她读的是马克思主义学院，与我 20 世纪 80 年代在湖南师大读的政治系专业相同，便油然而生一种亲切感。

2016 年 4 月 17 日上午 10 点，我和夫人敏华参加了在吉首大学黄永玉纪念馆举行的“湖畔吟诗 · 吉首大学十大校园诗人诗歌朗诵会”。十大校园诗人有五名老师，五名学生。在五位学生诗人当中，我觉得慧琳的诗歌最为成熟。当很多校园诗人还在满足于平铺直叙自己的校园生活，或者引吭高歌青春与理想的时候，慧琳已经懂得了向下、向内，去了解社会底层的血脉和自己内心的源流。我还记得，我发表在《湖南师大报》的诗歌处女作，是批评会场上的不文明行为；第一次上省刊，发表在甘肃《飞天》杂志的《小屋子诗人》，是讽刺两耳不闻窗外事、只顾躲在小屋子里写诗的那些所谓的诗人们。所以，当了解到慧琳的写作指向与诗歌风格，我是深感欣慰的。比如，她的作品当时给我留下深刻印象的一段：

当灰霾退去的时候，我发现
今天的阳光很白
白到人们都失明
只有我看见了空气中的一切
然后，满足地走了

不少诗人写过有关雾霾的诗，我也写过，基本上都是直接在“雾霾”上落笔，慧琳却抓住了“灰霾退去”的这个时刻，新意就出来了。更可贵的是，慧琳写得一点都不用力，或者说，她能巧妙地将自己的所思所想融入日常词汇中去，这样就在不经意间，说出了很多东西，耐人寻味。

这一段诗写的什么呢？写的依然是雾霾，但她不是直接去批判雾霾，说雾霾如何如何不好，而是将矛头指向了“人们”。绝大部分人都是这样，雾霾来的时候深恶痛绝，一片骂声；雾霾一走，太阳露脸，马上欢呼雀跃，好像雾霾再也不会来了一样。慧琳敏锐地看到人们的这种“失明”状态，那种盲目与麻木让她“哀其不幸，怒其不争”。“我”是诗人的代表，是年轻一代觉醒者的代表，与“人们”相对应，“我看见了空气中的一切”等于说“我”看到了真相。最后一句中，“满足地”这个词用得特别好，它含有诗人的自嘲，还有一种更加深刻的嘲讽意味。“我”知道真相，告诉你（指“人们”），你也不信，甚至你连听都不愿意听，只是满足于一时的“阳光”。诗人深深感到自己的孤独，众人皆醉我独醒，所以，“我”别无他法，只好自我“满足”地走了。

慧琳有两首写老婆婆的诗，一首是《拾荒阿婆》，另一首是《孤院老妪》。在《拾荒阿婆》中，她用简洁的短句描写拾荒阿婆与岁月、与环境、与歧视的抗争，最后一句“弯着腰，仍在作战”，七个字，字字千钧。“弯着腰”是阿婆的自然形态，而“仍在作战”昭示阿婆顽强的生命力与坚忍不拔的意志。“作战”一词用得很好，“仍”字更妙，说明这是一种长期的“战争”。

不同的是，在《孤院老妪》中，慧琳用绵延的抒情长调，细腻地刻画出一位养老院中孤苦的老妪：

“傍晚，残留的日光/像蚯蚓一样在孤院冰冷的墙角蠕动/院中，一位老妪/倚着长凳吮吸着古老的烟担/一圈圈圆晕似逃离的烟雾慢慢上升/升到比天空还远的地方/孤院中的老妪半眯着眼，似睡似醒/眼角的皱纹像历史的壕沟装满了岁月的沧桑……”

“残留的日光像蚯蚓一样，蠕动在冰冷的墙角”这个意象多么精准，它完全是老妪内心世界清冷的映照。“古老的烟担，逃离的烟雾，比天空还远的地方，半眯着眼，眼角的皱纹装满岁月的沧桑……”我们看到，诗人在不断调动自己的情绪和灵感，她对一个孤院老妪的用心，表明了她对这个世界的用心。

因为有这样的用心，慧琳能写出《旮旯》这样的诗，就不足为奇了：

我深知这苍茫的大地终是宇宙的一隅
无比落寞，无比寂寥，无比缥缈
生长在墙角的那株野草
沿着大地的回音狠狠地对抗着
一切把生命置于深渊的原力
我深知这旮旯中的绿终是四季的剪影

旮旯，旮旯，那有一双深邃的眼睛
洞悉着大地和人心
我不知还有多少如草般的生命
聚居在繁华的一隅，苍茫，渺小
扣问着每日每夜的付出
我深知这声音如海浪撞击水岸
水花裂开千朵万朵……

诗人是宇宙奥秘的发现者，是所有生命的代言人，是为万物重新命名的创世者。诗人最可怕的毛病是自大，是“老子天下第一”的畸形心态。一名真正的诗人，必然认识到生命的美好与自身的卑微。广阔如大地都只是宇宙的一隅，渺小如野草都能狠狠地对抗着“一切把生命置于深渊的原力”，所以，唯有像野草那样“深邃的眼睛”，才能洞悉大地和人心。

因为有这样的用心，别人都是去江边看夕阳西下，诗人却是去“听日落”。看夕阳，往往是一种感官享受，是休闲式的漫步，是去拍张照片发发朋友圈；而“听日落”，却是去感知时序变化所能引起的灵魂震颤，是去体贴和感应源自大地内部的声音：

那声音，是水珠滴落大地
不高不低，赶路的人继续赶路

我在江边听日落，从空中落到水里
落到每一个人的黑夜里

摘录的这两段，每段两句。第一段写日落的声音就像“水珠滴落大地”，“不高也不低”。不高，是因为它极容易被市声所淹没，极容易被忽视；不低，是因为只要你用心去听，你就能听得到。“我”，正是这样的用心之人。所以第二段就写“我在江边听日落”，夕阳从空中落到水里，最后一句写得非常好：落到每一个人的黑夜里。每个人的黑夜里都有一个落水的太阳，这还真不是每个人都知晓的秘密！这首诗的境界写得很阔大，但诗人表达得很节制；也唯其节制，才更显阔大。

我认为，慧琳是一个有追求、有个性的诗人。她写诗不随流俗，不跟风赶潮。恰如她用诗歌发表的宣言：“别把我刻成木偶/我砰的一声掉了出来/像一块暴露了的木头”（《别把我刻成木偶》）。即便暴露了，即使发出“砰”的一声，“我”也不愿意被公共标准刻成一块木偶。确实，模式化和标准化是文学创作的大敌。比如，初学写诗时，父母亲情是诗歌的一个重要主题，有些诗人写给父母的诗都可以出一本诗集，但我发现，慧琳写父母的作品很少。她有一首《写给母亲》，仅四行：

我鼓起腮帮子把灶火吹旺
你经过的每一个地方都有皂香

原来，你更是一个诗人
走进田间，惊起那时光的波澜

这四行诗写得大开大合，又张弛有度。更重要的是，它在呈现诗人对母亲的爱的同时，更体现出诗人对“母亲”这一身份的深刻理解。看来，她并不是不愿意写父母亲情，而是不愿意拼凑、挪用别人的语句和情感，她希望一落笔就是自己的！

我们来欣赏这首短诗。第一句“我鼓起腮帮子把灶火吹旺”，写母亲的诗却以“我”开头，“鼓起腮帮子”的动作以示为母亲分忧，这就是母女情深。第二句不写“把灶火吹旺”的事情，而是断崖式转换人称：“你经过的每一个地方都有皂香。”这一句节奏感非常好，一读便令人动容。三、四句是一体的，将母亲比喻为一个诗人，甚至用了“更”这个字。理由何在？因为，母亲“走进田间，惊起那时光的波澜”，极具概括力的一句，神形具备，戛然而止。

当然，通读慧琳的诗集，感到慧琳的写作还不是太稳定，有些句子还比较稚嫩、生硬，尤其是较为直白。另外，在写出精彩句子和段落之后，如何让整首诗更完整，更富有表现力，也是她日后要去学习、钻研和攻克的课题。相信，以她的年轻和对诗歌的执着，她一定会越写越好。

每一首诗也是有声音的，不高也不低，像水珠滴落大地。

2017 年 3 月 30 日于望城吴家冲

（吴昕孺：著名作家、诗人，湖南省教育报刊社编审，湖南省诗歌学会副会长）

目　录

第三辑　心声停在空气里

第一辑

掌心朝上

……

我的掌心朝上，格桑花
开出了我的样子
我的手心，是肥沃的土地
几轮波折之后，成了我
梦回音绕的国度

掌心朝上

我掌心朝上，一丝风碰上
两滴雨，末了
统统落在我的掌心
于是我的手心里开满了
格桑花

我的脑海里住满
所有比温馨更胜一筹的温馨
当我掌心朝上的时候，
我的手就是无边的土地
土地啊！肥沃的土地

不是在春季，遇上满眼花色
而是在内心最柔软的时候
我的格桑花盛开在我的手心
跳起来的晨光，把露水按在地上

掌心朝上

我的掌心朝上，格桑花
开出了我的样子
我的手心，是肥沃的土地
几轮波折之后，成了我
梦回音绕的国度

明天的太阳一定是火红的模样

窗外的那棵开白色花朵的树
听说是木棉
一朵一朵，白色的
是木棉花，我想
这定是春天的容颜
纯白，淡雅

下了一场雨，湿了行人的发丝
听说是一场春雨，万物的甘露
我想，这必须是
凉了地面，暖了万物
可是
我为何看不到停在树梢的
激昂的鸟？

行走在路上，突然有种
莫名的惋惜

那白的，红的，紫的
朵朵艳丽，为何
片片都随着风儿四处飘散
如果有个篮子，我想把春的颜色
装进去，不要承受飘零之苦

我想明天一定有着如火的阳光
我踩着万物的影子
我提着漂亮的篮子
不然，为何窗外有星星在酣睡
我想明天的太阳
是火红的模样

半城秋雨

一场雨
轰隆隆地覆盖了半座城
预示着秋的到来
汽车的长鸣声
在雨中显得格外嘶哑
雾漫长空
逼走了漫天白云

起风了！
我看不到树的摇曳
我听不到叶的坠落
唯有那发梢的浮动
告诉我真相

街的转角
沉默的路牌矗立在风中
我似乎来过这

但记忆历经沧桑
早已所剩无几

夏天的尾巴
依旧在摇动
捣乱秋的篇章
我守住十里烟雨
抛向寂寞的城
猛回头
这半城秋雨
又是谁家之物？

坐　着

我坐着，白天到黑夜
空白的时光，等着空白的我
雪一样落满山河

我坐着，每一个相异的地方
熙熙攘攘的人群
火光一样，熄灭又燃起

我坐着，坐成了一株草
春夏秋冬
绿青黄黑

银　杏

我要去一个地方
有阳光，有落叶
你不必送我，更无需陪伴
我自会跋足而去

阳光透过时间的缝隙
如果打不到地上
那一定是我半路给劫走了
你不必叫喊，更无需追逐
我自会如期而归

我拾起一片银杏
将它流放在阳光里
阳光是金色的
银杏是金色的
甚至，
我也是金色的

如果有一天
我黯淡无光
那一定是阳光走了
我也不必依恋，更无需挽留
在时光的漏洞里
一片银杏，正在熠熠生辉

夏　天

听说雨得了又猛又急的狂躁症
整个春天被吓到，躲在角落里哭
雨过天晴，一朵花抱着整个夏天
所有的白云跟着太阳奔跑

秘　密

我牙牙学语般念出这个词
它更像是一种仪式
告诉自己，也只是自己
那雨滴里透明的光晕
是一个动人心弦的秘密

我跨出了第一步，涩涩的苦味
包裹着不一样的甘甜
只有在清晨的雨滴里醒来
这怯怯的心纹才舒展开来
当我迈出第二步，却深入黄昏

心情开了一扇窗
我把手搭在窗台上
莫名的信徒
诡异地看了我一眼
你是人间的秘密，我
终会是世界的收藏品

雨　痕

地面是泥泞的远方
一双白色布鞋刮伤了大地的
皮肤。雨下了又停
泥泞的地面泥泞的鞋

我想我的白色布鞋一定
写着大地的誓言
一句一句，和雨滴交相应和
我要在群山之巅俯瞰深深的痕迹

我是透明的玻璃，你一头撞上我
也不要责怪我的明亮如光
有一天，我披上灰尘
一场雨，就爬上了我的肩膀

不停流淌的雨，为这方水土
划上一条条痕迹
我认真地观摩着那些纹路
雨停了，我把雨伞也收了

印　记

许多个夏日，装不满一颗澎湃的心
两棵木棉树，依旧痴情地眷恋着下一季芬芳
所有的故事，从这一天开始，不管多么
心满意足抑或不尽如人意
尾声时，却被时光打上了印记，在每个黄昏
不可思议地闪着晨曦的光芒

不必说，如风的日子，短暂而充实
有人会溜走，有人会长留，而我
再把这熟悉的校园一一抚摸，我知道
风有风的柔软，雨有雨的清凉
我懂，当我曾经踏进这洒满青春的土地时
所有的花各自芬芳，所有的草落满霞光
所有与我同行的人，都将朝着梦想远航

当校园里的银杏叶落了又落
我们脚下的路渐渐增多，而身后

曾经的奋斗不止，曾经的热泪盈眶
曾经恍若隔世的忙忙碌碌
把所有时间冲破，把所有的语言凝冻
我就这样从吉大的新鲜血液变成
无限接近陈旧的那些独自旅行的人

我看见，又一个秋日
阳光普照新一群莘莘学子
一个漏光的角落，我仿佛
与过去的自己目光交融在一起
靠近，靠近，无限靠近
原来，今天的你们重走了昨天的我
那曲曲折折的道路

是的，你没有听错，前进的号角已经吹响
那是来自象牙塔的欢歌
那是目光如炬的期盼
不管你来自何方，这里将是你人生最重要的
知识殿堂
来吧！来坐，我们聊聊明天，聊聊明天头顶
火热的太阳，聊聊明天脚下纵横的路
那一定很美好，如同肖邦的夜曲

不用解释，结果早已经蕴藏在
你谜一样的目光中

渴望着一片天，如同高飞的风筝
你飞过沧山云海
在遥远的边际，忽而回过头
多年前的一天，你仍然如同往常
弥留的印记是你挥不掉的记忆

桥

我从桥上走过
思想落入水中
一弹一跳，弹珠般
趋于静止
那湖面凝结得
像我掉落的思维
越来越安静

我从桥上走过
灵魂落入水中
太阳把湖面烤出一条缝
那是灵魂安放的地点
湖水波光粼粼
反射着桥上失魂的人

我从桥上走过
对面是一片虚影
后面是来时的肉体

萌　冬

寒意越来越深
呼吸越来越浅
黑夜越来越胖
白昼越来越瘦
无垠的黑夜被我劈成两半
一半送给你，一半留给我自己

后来
晨曦叫住我
把它的光许给了我
从此不再寒冷，不再惆怅
直到心中长出一株嫩芽
我给它取了一个名字，叫做—
萌冬

雪花在指尖融化
变成一颗晶莹的水珠

它是萌冬的眼睛
我看到了昨天的雪和今天的我
他们在萌冬的眼睛里
演绎一场气势浩瀚的传奇

注：萌冬，作者原创微信公众平台名称

落叶的忧伤

翻来一本书
一片遗忘很久的落叶
悠悠地
悠悠地飘落
似蝴蝶
落叶的思绪
总是埋藏在心里

小小的一片叶子
载着长长的一段记忆
难忘那棵树
你的家
我残忍地摘下叶子
摧毁你充满活力的生命
你也有思绪万千，你也有忧伤蔓延
有时，我很残忍
充满活力的生命

我一伸手便消失

树叶
你可以恨我
树叶
我知道我的自私
将你从绿色中抽离
直到你变黄老去

我摘下绿色
树叶释放完忧伤
在我手中改变了生命的颜色

逃 离

一只蝴蝶，被风惊扰了
匆匆忙忙地飞走了
你说 你想变成蝴蝶
在我的世界里安然起舞
我悄悄地逃走
怕你住不惯我的世界

当雨滴落在记忆的尽头
想念发了芽 在拼命地生长
我惊讶于这样的速度
一如我惊讶于我逃离的速度
我悄悄地逃走
怕你盛开的时候我已失去记忆

一席凉风粗暴地卷走了雨
我站在山腰上 看不到第三座山
我把凉风收进口袋

等来年夏天拂过我的发丝
我满足地逃走
怕遇到更轻柔的风

当逃离成为了习惯 我便变得愚蠢
错过了安然的飞舞 错过了记忆的堆叠
错过了下一阵柔和的清风
我要逃到哪里?
到天涯?到海角?还是可笑的昨天?

若天空的云不再飘 鸟儿不再南飞
树木不再生长 禾苗不再发芽
那么 我是不是不用再逃走?
没有明天 只有现在
只有凝冻得像雕像的现在
那么我 在万物俱静之时
便,不用再逃离

路　过

一个人
来来回回走过很多路
赏过无数风景
却遗忘了来时的路
遗忘了来时的美景

如果有一天，我忘记了归途
那微薄的记忆
是否会伸出援助之手
轻轻地拉我一把
如果有一天，我忘记了前行
沿途的花儿
是否会抬起头深情地对我说
醒醒吧！醒醒吧！

我之所以路过这里
是因为这里适合我

梦中的所有彼岸，
将成为我路过的地方
那些花草的窃窃私语
仿佛在密谋一场拦截
然后
悄无声息地，我被劫走

一个人
从昨天走到今天
时间的每一声虚喘
是我走过的脚步声
路过的每一分钟，每一秒钟
我都会占为己有
从不遗漏

一个小孩跑过来
拍了我一把
原来，我走在这条路上
迎面而来的自行车
有着风一样的速度
向前，向后，向左，向右
原地不动
终究，我忘记了路
那条来时的路

你若记得，他便活着

不知道是昨天的雨还是今天的雨
打湿了本该铭记的物事
一滴一滴，像上天的眼泪
从不间断
难道说
是我的思绪下了两天两夜？

雨，清晰了布满灰尘的历史
我举着伞，行走在七十年前的土地上
一切都是那么平和，宁静
如果硝烟再起
依然金戈铁马
我便不顾风雨，坚守一片阵地
即使枪林弹雨，血染疆土

你说，浇灭熊熊的烈火
你说，锯开燃着的战记

你说，割断被压的双腿
最后，你咬咬牙，紧闭双眼，转过身
你开了枪，用一颗子弹结束了他的生命
一滴泪瞬间被蒸干
我说，你若记得，他便活着

风吹过，拂散了乌云
龙津桥头喧闹的叫卖
传说是妈祖的庇佑
人们用朝拜留住她
用文字和物品留住历史
留住每一位英勇的战士

在某一个雨天，或者晴天
和平鸽飞过纪念坊
我仍然记得七十年前的这片土地
仍然记得七十年前的每一段历史
逝去的战士，还活着
因为
你若记得，他便活着

等风来

我感到每个毛孔都开始紧张起来
一个连着一个，一个挨着一个
有人告诉我，是风来了

她穿着一身古装
一身轻盈的古装，远道而来
不知是谁打了个哈欠，吓走了风

我孤自留在原地
风，走得太快
划伤了我
划伤了孤自行走的我

我看见鸟儿在发抖
我听见树叶的脉络老去的声音
我闻到了风的气味
我触到了自己冰冷的皮肤

是的，风，又来了

这一次，她换上了洋装
把所有的时间都吹走
一如大蛇褪去了老皮
时间也褪去了她的陈旧的皮

我站在时间里
小心地看着，风，缓缓地来
我怕我的呼吸惊扰了她
我怕她像上一次，突然离去

而我
仍然躲在时间的老皮里
等风来

不再归去

不再归去
在那深深的山谷
藤蔓的呼唤
殊不知
我已不再归去

不再归去
在那五尺的天地
时光的呻吟
殊不知
我已不再归去

叹息和希望
是那蹉跎岁月的痕迹
而现实　是我起程的行囊
或许还有琴声萧萧
就像幽咽的泉流

却不再有倾听之人
因为
我已不再归去

蒲公英

雨落无声
花凋无息
点点滴滴

你生活在风的世界里
成长在雨的环境里
梦却随风飘到老远老远

你是银白色的雪娃娃
追随你直到永远

雨落，淅淅沥沥
雪飘，断断续续

雪娃娃，不要调皮
等你长大了就去追梦
雪娃娃，不要放弃

精彩的世界等你去发现

吹散一朵蒲公英
在夕阳的余晖下
满载梦想去飞翔
追梦？
追梦！
弹一曲新词
在飘满蒲公英的世界里放歌

蒲公英，
你生活在风的世界里
有风的地方就有梦
有梦的地方就有蒲公英

青春纪念册

初夏
听水声淙淙地响
看阳光妩媚地洒下满地心碎
正逢初夏
夏天，问你如何是别离的季节？
闻紫罗兰心醉的芳香
尝彼此别离的滋味
繁忙初夏
夏天，问你如何是别离的季节？
曾经是否有过不舍
曾经是否有过依恋
如果世界忘记了我
彼此的记忆是否定格在
定格在那个诗意那个酸涩的夏季？
遗失的美好锁在初夏
甜美的记忆锁在初夏
坐看黄昏

曾几何时
教室中的勤奋
曾几何时
课间里的悄悄话
曾几何时
操场上的汗流
在初夏的时光里跳跃
那个夏季我们相逢
这个夏季我们离别

雏　菊

从昨天想到今天
从黑夜想到白天
我不知道该怎样
来书写和平
于是
我睡了

黑色的雨不停地下
魔鬼的声音拼命地吼
我在枪林弹雨中
找不到方向
漫天飞舞的悲哀
凝固了无数人的眼泪

终于啊
战争时代的手
失去了余温

我听不到心跳
他很静，很静
焚尸炉旁
我弯下腰
种下一株雏菊
依然安静地

晨曦赶走死黑的夜
于是，我醒了
原来和平
就是能在清晨睁开眼
聆听窗外露珠的欢笑

给月亮

我遇到了一个月亮
甘愿一次再次编织谎言
甘愿一次再次倾尽坚持
甘愿一次再次默默揪心
我遇到了一个月亮

如果可以，我不想遇到月亮
只想和月亮一起长大
借着太阳的光
和月亮一起数星星
就算明天会死去

时间在跟我开玩笑
数载岁月印在月亮身上
我遇到了一个月亮，很实，很虚
我遇到了一个月亮，很近，很远

今夜没有诗

风声自觉的散去
留给归人一隅幽静的港湾
今夜没有诗
没有诗
我不是一个人在诉说
也不是一个人的聆听
只是今夜没有诗

大地恢复宁静
它会失语一阵子
白天只是敷了块黑色的面膜
保养过后
依旧白皙透亮
可是今夜没有诗
没有诗

如果规定我今夜失眠

那就失眠吧
看看白天敷的面膜
听听没有声音的故事
今夜真的没有诗

只是时间不小心摔倒
把夜绊倒在梦里
传来清晰的鼾声
时间起身，告诉我
今夜真没有诗
我知道，这鼾声啊
是最美的诗

种冰花

在寒冬来临之时
我要种下许多种子
把它种在树上

窗户上，溪流里
让天空给它浇水，寒风给它施肥
我就这样，看着它就好

在暖春来临之前
它开出透明的冰花
露出圣洁的灵魂
树上，窗户上，溪流里
我摘下一朵
透过它，我看到了世界的原貌
就这样，看着便好

来年今日

这一天，不叫日子
叫征途
短暂的舒展，似乎
快用尽了所有的力气
该来的不会来，该走的也都走了
踏上征途，此刻
回归忙碌的城市

一辆汽车横在路上
准备另一场奔跑
把所有的离别统统拐走
留下看不见的思念
这一天，不叫日子
叫征途

一样的电话，一样的语言
一样的我的心情

平静又泛起波涛
终归丢失在，一年又一年的
时间的齿轮中
来年今日，但愿是
一场不叫回归的永久

想画一群影子

想画一群影子
在一个阳光灼人的午后
长的，短的，宽的，窄的
不想离开，就画一群影子
一群炙热的影子

想画一群影子
在一个碧色的草坪
正的，斜的，简单的，复杂的
不会离开，就画一群影子
一群无声的影子

想画一群影子
如果手中的黑够用
我要画出一群一群的影子
画出影子的
悲伤与欢乐

风　筝

阳光抖落在头顶
跳跃，一如释放的囚犯
有风在吹，是那般
温柔，和煦，或者也冰凉

三月，一个未知的季节
律动的名字
我看到蓝的天，绿的树
红的花，笑的人
终于等到，天空的缄默
通过手中的线，缓缓地
流入我心，之后驻足

逆着风，一位花甲
痴痴地凝视天空
他在流泪
如果一定要个理由
就是我拉着风筝，他
拉着拐杖

明明是一场雪

新芽探出脑袋
如此战战兢兢
一棵桃树，孤傲地炫耀
属于所有桃树的容貌
不知道谁，把它的靓丽
毫无遮掩地，注入
路人探寻春天的心上

已经名扬万里
我站在一旁，若有所失
也像新芽，战战兢兢
阳光抛弃了所有
以它独有的隐藏
缓缓上升的尘埃，失去展现
它纹路的契机

所有的人

而非蛇，把一条尾巴
卷得，如同抖落的毛球
怎么卷，也无济于事
于是，失去了温度

那黑色，山野的狼
只剩下犹如眼睛散发的光
夜看不见什么，我们
什么也看不见
竟有被黑覆盖的一抹白！

明明是雪，明明是大地
明明是漏光的树
却把天空中的一只
也只是偶尔飞过的那只小鸟
骗得不知所措

漆黑退却
雪花呈现出飞舞的姿态
洋洋洒洒
一声巨响，清脆的
扰乱了睡眼惺忪的一个人
明明是雪
逃也似的匆匆落下
阻断了那棵孤傲的桃

享受赞美的权利

明明是雪，明明是雪
夺了眼球，断了枝丫
于是，蜷缩的人
把寒冷弃于荒凉的昨天
另一场观赏
覆盖了昨天的荣耀

站在橙色之上

橙色，悄悄地爬进我的左心房
像血液一样流淌
我站在瀑布之上，犹如踏着我的心脏
一高一低，抖落了所有的夜

时间，时间

1

春天一遍一遍地来
飞鸟像一群牧羊
被季节召唤追赶着
风，像一块透明薄膜
把我盖住了
谁能告诉我时间它是什么?
记忆已经荒无人烟
小河流水进入半昏迷状态
花也死了草也枯了，春天还是什么春天

2

我就是时间，从过去走到现在
时空的虐恋时常上演

我是一块抽象的绊脚石
从过去就开始阻挡了未来
时间是什么，我长大了
有人变老了

3

你的脸上锈迹斑斑
如此从容，如此沧桑
假如冬天和春天一起来
时间会不会交叉，在某个泛着白的早晨
露珠还是由天空的眼泪熬制

4

你的哭声越大，时间越小
你把哭声调制成静音，时间也就长大了
原来时间是个孩子，越长越大
白了头发，锈了脸颊，荒芜了四季
而我，就是那个时间的扮演者

一亩三分地

日出而作，日落而息
眼前这一亩三分地把我囊入其中
我跟着白菜长，它长我也长

除草施肥，细心耕耘
眼前这一亩三分地把我抱在怀里
我汲取着营养，享受着阳光

我的一亩三分地
我的成长避难所

把夕阳摘下来，摁进泥土里
夜就来得快了
把朝阳从心中放出，挂在天上
天就亮的快了

一亩三分地，你的耕耘

我长成一朵向日葵
把目光如炬的你
当成我永远的信仰

所有的思念都是酒

所有的思念都是酒
在我的身体里灼灼燃烧
摁住我的心，原来它是如此
激情澎湃

所有的思念浓成酒
相隔千里，迢迢赤心
把思念酿成酒，我就喝了它
把时光变成你，我就去看它

所有的思念远成酒
十里飘香，万里情愁
我端坐在无边的彩云之端
把你想成酒，我便喝了它
一只老鹰袭击了我
我掉入酒坛，变成了纯粹的思念

致远走的十九岁

我整了整衣领
拍拍衣服上的灰尘
它大颗大颗地掉落
为此，我竟伤心了很久

我对着镜子，仿佛
露出重生的光芒
致我远走的十九岁
如掉落的灰尘
走了，远走了

校园里雨滴响起
落叶躺在地上安息
一棵树的成长
从新叶到落叶
我也站成一棵树
抖落身上摇摇欲坠的枯叶

这温热很宽广
那就让我站成一棵树
向远去的十九岁敬礼

一阵暗淡一阵亮

听说你回来了
时钟从黎明醒来，穿起鞋子
滴答滴答地走到窗台
嫣然一副昏沉的模样

从寂静到喧嚣，无意到有意的过程
听说你回来了，窗外
一阵暗淡一阵亮
滴答滴答，我跟不上拍子

听说你回来了，那阳光就来劲了
一阵暗淡一阵亮，把你的神色
映得忽隐忽亮，滴答滴答
我被时间拖着走，我行走的影子
忽隐忽现，一阵暗淡一阵亮

第二辑

假如生命是苇草

……

芦苇摇曳，有一种随风而去的坦然
假如生命如苇草，徒然
在这四壁苍凉的人间，唯有你
把生离死别说成了世间最美的承诺

假如生命是苇草

如今，苍山已是暮年之时
风一吹，漫山的野草跳起欢舞
我不愿在黄昏之际与虎耳草争夺
苟延残喘的暮光
不愿在一旁摆弄姿态，那令人咋舌的脸庞

假如生命如苇草
我弯下身子，做出屈服的模样
所有的如同星光残留的碎片
像我的心情一样，无论怎样黏合
都会在风起时，落了一地

假如生命如苇草
任何一次潮水都足以淹没的苇草
我会在还未被淹没之前
把每一条通往晴天的路径
一一数清

而这里，水花四溅，依旧波涛汹涌

芦苇摇曳，有一种随风而去的坦然
假如生命如苇草，徒然
在这四壁苍凉的人间，唯有你
把生离死别说成了世间最美的承诺

缝隙里的人

缝隙里的人，把酸痛的骨头一再捶打
青蛙在田间啼叫，叫醒了墨黑的夜
缝隙里的人，守着酸痛辗转难眠

我在窗户边看到了一道光
那光是如此暗淡又明亮
像我淡淡的眼神，吹起夜的笙箫

低矮的砖土房，低矮的砖土房
一束灯光从梁缝中钻出，逃亡的流犯般
把黑暗抛在脑后

他们是缝隙里的人，把骨头的酸痛捶成
明天工地里饱满的精神和充足的力量
缝隙里的人，被生活挤压到一条长长的
线一般的灯光里

灯光通过缝隙照亮了暗夜
我匍匐前进，希望和缝隙中的人一样
把所有的疼痛捶成力量

风把丝巾撑破

你慌乱地如古老木屋
那黑墙上的蜘蛛，四处流窜
仿佛你的网被撕碎

突然一阵风，猛的一阵雨
惊慌失措，一只脚跌入山谷
你撑开丝巾，风把丝巾撑满

恐慌填饱了你的全部
每个毛孔，每滴血都
惶恐不安
风把丝巾撑破，你终于
把狂热的血一滴一滴
凝固成山

找不到黎明

黑暗在悸动的夜里
没有休止
我在孤独的路上
没有尽头

找不到黎明
在温馨幻化成温驯
在安宁幻化成喧哗
在感动幻化成悲恸

破晓之际
你说
黎明其实不需要被寻找
它更是一段距离
去让我们转身触及

渡　口

在一个
写满惊慌的昨天
我听见
有人在呐喊 有人在抽泣

我希望

有件事
关于你 关于我
关于他 关于世界
我希望
关于一切的一切
都不只是逢场作戏

一只熊

就躺在那里
无声的
它在呼吸
更像是在抽走气流

橘黄色的
那只熊
可风把尘土
抹在它身上
于是，它变成了土黄色

我明白了
它一定是在等待
我也在等待
等一场不大的雪
那么它，在等什么？

拾荒阿婆

一棵枯树
支起几根枝丫
即将被年轮压断
时间顿了顿，向世界宣告
它已风烛残年

苍蝇正在密谋
要来一场巨大的浩劫
几根枯柴
居然，能弯腰？

旁人撇过
抛了一地眼珠
那枯柴
弯着腰，仍在作战

鞋

总是，在门口躺着
默无声息地
交流着
家人不懂，时间最懂

脚下纵横的路啊！
是它沧桑而不朽的灵魂
一双，两双，三双
大大小小，新新旧旧

它的使命
就是
演绎从少到多
然后又……
从多到少

溢　出

不小心把热水装过了头
它溢了出来
把冰冷的手烫得暖和暖和的
就像你握着我十年前的手
暖和暖和的
不小心把爱装过了头
它溢了出来
把记忆拉回到田野里
那时，我坐在田埂上晒太阳
你在田野里擦汗珠
想抓住飞速来往的记忆
你突然不做声
把瓜子嗑了一地

铁盒子

过去的黑夜很黑，装不下一只猫
炭火很白，足足装下了世界
世上有种盒子，名叫屋子
那时我们都很小，彼此透明地交谈
那时蚊子都很狂，家家户户熏着烟
那时的月光很年轻，夜夜照在火炉上
我有一个盒子，你有一个盒子
我们交换着交谈、熏烟、打扫、修补
过去的日子没有抵抗力
早早地装进时光里
我们有了新盒子，名字也
叫做屋子
我们守着自己的盒子，安上铁盖子
世人叫它铁盒子
一个挨着一个，像很多很多蜂巢
而在铁盒子里住着的
是一个一个的哑巴

一个吞噬夜的人

灵魂不来，它躲在白天颤抖
这是一具躯壳，一个人
所有的事都慢吞吞
所有的物都带着鬼火
一个吞噬夜的人，在路上

那涂抹着的血色口红
冷风氧化成浓黑
我穿过漆黑的果冻状气场
黑色脱落，被融化
一个吞噬夜的人，在抽离

子夜，声音被凝成固体
一腔一调带着刺
尖锐的，浓黑的，坚固的
一切被吞噬
一个吞噬夜的人
夜夜守着颤抖的灵魂

一道光

向后退的，永远
是膨胀的岁月
向前进的，永远
是铿锵的步伐

原来人生是一段长途
迅速地跑，不停地跑
累了，看不到远方了
突然一道光，晴天霹雳
奔跑的人啊！一个一个都
杳无音讯了

一扇门

停不住，深邃的苍穹
急着隐藏天空的破洞
我急着填补，露于外界的
一道口

前世与今生
枯骨带着几千年的沉默
我懂得，在重见天日的时候
死寂更轻，应和着烟雾
飘向墨天墨地的夜

把自己活成了一扇门
日日加固，上了枷锁
封印了如今，为何又要
解开过去？

单翅天使

风儿静静地吹
吹走的是满身尘埃
吹不走的是坚定的信念
日子
有时甜，有时苦
有时幸福，有时悲伤
改变的是感受
不会变的是现实
谁说天使必须两个翅膀？
独留一翅
也依然飞

风在吹，心在飞
是谁在落泪
不是说过，单翅天使依然飞？
勇敢向前！
即使折断翅膀

即使再大风雨
也要
带着血与泪飞翔!

像我一样的

像我一样的，你的容颜
你的性子，看那
奔逃的所有的漫漫水花
像我一样的

我会在车水马龙的地方
用最诚挚的笑，带你
去到奔走的漫漫年华
像我一样的，你的流逝
无法逃脱

啊！不要这样像我一样的
奔逃了时间，放走了年华
在雨里盼阳光，在春光里望
那突然的一场雨
打湿了，像我一样的你

孤院老妪

傍晚，残留的日光
像蚯蚓一样在孤院冰冷的墙角蠕动
院中，一位老妪
倚着长凳吮吸着古老的烟担
一圈圈圆晕似逃离的烟雾慢慢上升
升到比天空还远的地方
孤院中的老妪半眯着眼，似睡似醒
眼角的皱纹像历史的壕沟装满了岁月的沧桑

那些曾经仰望过天空，在傍晚
宅院中，长椅上的人如今都已长眠不醒
只剩下空院，孤灯，闲人
暮色盖住了夕阳
黑暗笼罩了孤院
沉默如喧嚣一般惊醒了老妪
于是
她放下烟担，走向内屋

就在她转身那一瞬
历史早已洗尽铅华幽居在孤院一隅
期待着风的探访

我在江边听日落

我来到江边，日头也走到江边
恍如一对情投意合的恋人

闭上了眼，我用我灵锐的耳朵
听着江边稀疏的日落，缓缓地

那声音，是水珠滴落大地
不高不低，赶路的人继续赶路

我在江边听日落，从空中落到水里
落到每一个人的黑夜里

尘世点燃刺眼的霓虹
却忘记听听日头跌入水中的
纯粹的无语的微音

我在江边听日落，日头
决绝地凝视着我 跌入水中

覆　盖

一笔涂错的色彩
引来另一场覆盖
另一种错觉，另一种与错相对的
错

杂乱的笔触，你说
是艺术的象征
我把所有的色彩用蓝色覆盖
世界就变成了海洋

我把所有的色彩用黑色覆盖
你说，我画出了你
另一种错觉，是与错相对的另一种
错

我把画丢入水中
白的，黄的，蓝的
最終如烟
被漆黑的夜覆盖

我把你看成我

我把你看成我
在我如石头般
被洪流冲走那一瞬
你看着我，我顺水流走

惨白的光把虚影灼伤
我在洪流中洗尽所有
我把你看成了我，我却忘了我自己

当雨后的明媚如过去一样
露出柔和的倩影
我叫出了你的名字
希望唤醒我自己

腐　味

我从旁边走过，闻到
天堂的气味
前天的草和前天的花
早就在割草机边死去，一片一片
雨在为它们超度亡灵

我从它们身边走过，闻到
一股来自地狱的腐味
这腐味伸出魔爪，我后退了几步
一只雏鸟拼命抖着翅膀
“轰”的一声，它起飞了
飞到了天堂或者地狱

没什么说的

夏虫的啼叫，把春吓走
忽而一阵风，忽而一阵雨
我竟被这转瞬的感觉
於塞了喉

没有什么可说的，时间
来了又跑了
电话里你的问候，像做题
你趁着闲暇，把问候铺开
我就淡入清水，又急躁如火

没有什么说的，你又重复了一遍
如陈述，如询问
我的心泛起细微的波
又沉默如一块石头

夏虫的声音越来越大
覆盖了我的沉默
我会低入泥土，重新发芽

方　言

它没有形态，没有颜色
但是你不能说它没有灵魂
你找不到它，在陌生的城市
比如，佛罗里达
比如，克拉玛依
再比如，你面前的人
他有一座心城，里面没有你的方言

如果哪一天，我是说如果
世界只有一座城，你也找不到它
就如白色的烟雾弥漫整座城
我在白色里看不到所有
与蓝色有关的东西，甚至看不到自己

他说，为什么我还有方言
我表示惊讶，难道你没有方言？
如此纯粹的东西，我很少听得到了

不是没有，是没有人诉说
我叹息了一声，然后窗外的鸟儿被我
纯粹的方言击碎

瞳孔里的旧时光

一阵雷雨过后，你的眸子
似乎比多年前更昏暗
刚要穿过云层的阳光总会把你眼里
潜藏的泪水，逼得涌出眼眶
除了泪眼婆娑，剩下的只有一片已逝的岁月

夏天的雨水冲刷着老家背后稀疏的土地
露出的白岩像你突出的双眸
你努力把眼睛睁得铜球般大小
对着我的一张照片，气愤地呵斥
“这相片照的太差！眼睛都望不到”

你有土一样的皮肤，粗糙的肤质
总能把整个岁月别在上面
你走一步，那旧时光也颤抖一下
忽而，你的脸庞被柔光照出了暗面和明面
你却指着刚拍好的照片一脸嫌弃

“你怎么只照出了我的半边脸?”

一如年轻时的倔强，却又面色沉重地
观察着一张张色彩斑斓的照片
深邃的瞳孔，注视着既定的画面
你的眼睛和照片永远相隔着一尺
这一尺的距离，原来恰好与老去的旧时光
唇齿相依

怯声怯语

夜虫放开喉咙，吱吱呀呀的声音
把一团漆黑扭曲变形
这光阴不似从前，却来得如此真切

夜的婀娜多姿，只能让行人心生恐惧
我怯懦地聆听夜雨，呼吸和雨水一起落地
雷声震碎了我的五脏六腑，似乎某一刻
我离开过人世，但又被我忘记

窗台的多肉植物，被我无知的浇灌
弄得奄奄一息，我依然不自觉地抢占
房间里的空气
不久后，它将叶脉枯黄，悲惨离去

我无奈怯声怯语地对吱呀的夜虫说
“多肉已过世，请大声地唱起哀歌！”
突然，却没了虫鸣。

或许，我和夜虫一样，沉默地担忧着
原本的担忧

花开荼蘼

竟如此不小心
让我途径了你的出世
让我曾经背水一战的每一条神经
都为你而受伤

四月的花开
是五月的伤
花，荼靡
开到荼靡花事了

寒潮过后

我什么都不知道
寒潮过后
有的人醒着
有的人睡着

每声叹息都慌慌张张

断枝和残叶交织着
我发出一声声叹息
我并不是只有悲伤时叹息
高兴时我也一样叹息

前面是一座山，虽然我并不觉得是山
但是却依旧感觉岌岌可危的压迫
我又叹息，叹息
每声叹息都慌慌张张

树与天之间看似只有一条线
一条区分绿与蓝的界线
只是我无感地望着，注视着
不知其中折叠了多少距离和时间

每个声音都在耳边说
我可以跑过猎豹
而我只有象征性地叹息一声
并且每声叹息都慌慌张张

响成一把枪

失眠的夜刚入梦
噼里啪啦的响声踩着
凌乱的步伐
打通了浅薄的意念
响成了一把枪

依然紧闭着眼
躲掉，喧哗的清晨
躲掉，踏着正步的
有节奏的，吆呵
人们，面试般想吸引我眼球
却被我一一淘汰
我躺成了一床被子
一床懒懒的被子

噼里啪啦，噼里啪啦
像魔鬼的步伐

响成了一把枪
指着我，扣动了扳机
我死而复生地坐了起来

铁树开花

所有的眼光都朝拜着它
好像如果它
开一次花
世界会呈现另一个样子
我默默走过
任它傲世的气焰
灼伤我的每一寸皮肤

数年前的一次偶然
它露出圣洁的白色
人们说，是铁树开花了
我默默走过
任它高贵的血统
排斥我的每一滴血液

那一年，口口相传的
遥远陌生的名字响起

喜庆的横幅挂起
刺耳的鞭炮惺惺作态
命运洋洋得意，高高挂起

烟火里的尘埃，独自
落了一地
平淡之后，口口相传的名字
再次响起，淘汰了
或者疯了，或者杳无音讯了
我默默走过
任各种结局
撞击我的耳膜

去年铁树也露出了花朵
安静，平淡，坦然
我走过，所有的一切
不过是饭后谈资
辉煌岁月不过是让铁树
偶然，捡了便宜

如此自然而然

我醒了，如此自然而然
就像我想起你，如此
自然而然

我把白天收进监狱
判了无期徒刑，也只是
让黑夜漫无止境地
作怪，如此而已

清晨的鸟语，自然而然
散落的花香，自然而然
无垠的冰凉，自然而然
仓促的脚步，自然而然

无法言说

在我看到你的那一瞬
喜怒哀乐，颜料般
掺杂在一起
我的灰暗，无法言说
直到天空裂开一道缝
我与冷风融为一体
吹散路过的乌云
雨，急着要落下
我把一朵云狠狠地
掐死在空中，雨
躲了起来
我的灰暗，无法言说
在我飘过的地方，我要
阳光明媚，欣欣向荣
即便，
我的灰暗，无法言说

从此以后，看看明天

我坚信
明天绝不是一个老实的
等待者
狡黠，善变，又不可拒绝

空洞的眼神
不言不语，像一只
停止鸣叫的夏蝉
我确信，从此以后
它会备受煎熬

一群人走过
他们说，去看明天
我留在昨天
心音对我吼
去看看明天吧！

我不是我，是遥远的存在

假如从前的太阳没落下
田地里还有过去倔强的
背影
我的马尾不会松下
承受切肤之痛
埋葬在长着青苔的那块石板下
它的躲藏
我的安安然如释怀的那棵
槐树

如果在老旧的木屋前
遇到一束来自远方的星光
如此明亮，我裹着它
询问它来自何方
它的闪烁其词
我的迷迷糊糊像喝醉的
那只熟睡的猫

我可能不是我
在白天起，在夜里睡
在一颗心上种下希望
如果天还没黑，太阳
还没落下，池子的水
依旧新鲜，像那只熟睡的猫
我是遥远的存在
遥远得超过
白天永远见不到夜晚

仿佛生命只剩最后一天

仿佛生命只剩最后一天
狰狞的夜压着白天
我在黄昏中醒来

仿佛生命只剩最后一天
黄昏的沉默不停拍打着
路上来来往往的喧嚣
我逆着人流，就像与时间抗衡
如果生命只剩最后一天
这漫无边际的黑夜
夹杂着过往

一杯卡布奇诺
冰凉的液体淌过舌尖
每个毛孔嗷嗷待哺
我只能用咖啡喂养着
在这样一个沉重的日子

我要告别所有明天以后忘记我的人
生命只剩这一天，明天
我会重生

我不自觉地触摸了脸上的心情
原来它有点冰凉

第三辑

心声停在空气里

……

当灰霾退去的时候，我发现
今天的阳光很白
白到人们都失明
只有我看见了空气中的一切
然后，满足地走了

心声停在空气里

当灰霾的天空不再燃起火焰
冰冷的大地感觉不到炙热
一颗颗跳动的心也微微收紧
我将心声抛向空气中，但愿
不被旁人发觉

当樱花红着脸对我说
不久后，轻柔的春风即将
抚摸所有跳动的心
一切都如此平和，就像
我低着头沉默不语
你仍然懂得我的无声挑逗

当湖水泛起微波
我听到我内心的波涛
汹涌得恨不得覆盖整座城
但是，我怕惊扰一颗颗

无处藏匿的心
于是我把心声藏在空气中
稀释，直到没有

当灰霾退去的时候，我发现
今天的阳光很白
白到人们都失明
只有我看见了空气中的一切
然后，满足地走了

架在时光上的桥

慢慢地，我的脚步也慢了
桥边的树木把岁月吮吸在藤叶里
我就这样看着飞鸟飞过头顶
湖水柔情地照出我
波澜不惊的心

如果有风，那就更好
吹起一池绿水，波纹曾如此像
我心音的细纹，我曾深情地望着
昨天的你
我曾深情地望着水的波纹

架在时光上的桥啊
那么庄严神圣地举起我
如一束阿西比亚
我也会夜夜笙歌，也会字字酌情
架在时光上的桥，原来
我和你隔着一池时光

供　奉

我小心翼翼，小心翼翼地
把呼吸变浅，双手合十
我时常抬起头仰望它
仰望，是那般安静肃穆，像一场
神圣庄严的祈祷会，只是
一低一抬，区别了我的行为
我是朝拜着它，一刻
也不停留

我捻手捻脚地，像这样
靠近它，好像准备随时
让它带走我的灵魂，只留下一具
没有影子的　渺小的躯壳
时常抬起头仰望，再闭上眼
遥远的我的心情，山风吹拂着
再一次，我仍然朝拜它
日日夜夜

时间，阴差阳错地走失在每一个
夕阳西下的地方
我点亮心灯，把我渺茫的爱好
挂在一面苍白的墙上
供奉着，如此
绝望而虔诚

孤　独

我怀抱这缥缈如烟的感觉
流动的风，流动的雨
把孤独衬托得如一尊玉佛
心如止水，静坐莲台

我踏上通往寂静的旅途
脚下浮现出幻影般的迷雾
我是天上不染铅尘的凡人
也是人间落满俗尘的圣灵
世界于我，亦空，亦静

慵懒的时光里
我把影子一再拉长
延伸到你内心深处那一片
荒芜
寻着那条轨迹，终是把孤独
当成了通往灵魂的朝圣之路
——致仓央嘉措

旮 旯

我深知这苍茫的大地终是宇宙的一隅
无比落寞，无比寂寥，无比缥缈
生长在墙角的那株野草
沿着大地的回音狠狠地对抗着
一切把生命置于深渊的原力
我深知这旮旯中的绿终是四季的剪影

旮旯，旮旯，那有一双深邃的眼睛
洞悉着大地和人心
我不知还有多少如草般的生命
聚居在繁华的一隅，苍茫，渺小
扣问着每日每夜的付出
我深知这声音如海浪撞击水岸
水花裂开千朵万朵

而今，夜来了！
也只有那夜才能覆盖所有的角落

我们在白天走散，在黑夜相聚
我不知四季的轮回，我不知天地的宽大
只有旮旯里的草，旮旯里如蜂群般的生命
把散与聚诠释得像劳作与休憩
散了，是各自的奔波
聚了，是所有的休憩

把我忘在暮色里

沿途的风韵，我陷入
无比熟悉的音色里
翻滚的水花依恋着水风车
一圈一圈
上演生生不息
来不及停留，来不及遐想
我醉倒在木锤酥的香味里

一只木船，浮在水波上
长长的竹竿，长长的水纹
我眯起了眼睛，看不见老友
男男女女，老老少少
相望一瞬，就此别过
就把我忘在那日的暮色苍茫
忘在，一江微荡的水里

酒吧里的吉他声

应该唱着南方小镇
镇上的阿哥阿妹
堤岸叫卖的编花阿婆
暮色中你浓我意
还有头上多彩的花环

把我忘在暮色里
我品尝这别样的滋味
相忘于世
停在江边的阁楼
把想说的邮寄给你——
多年后的自己
我便忘在暮色里
忘在南方的情调里

呼吸锈迹斑斑

我们背道而驰，像一朵云
远离另一朵云
雷鸣声震碎了声道
闪电的一黑一白，我看到
我们的呼吸原来锈迹斑斑

我们相向而行，像一只羊
追赶另一只羊
旷野的篝火，洒落在
一片灰黑色的草丛里
我在黑夜点起灯，如今
我们的呼吸锈迹斑斑

如果时间没有掉白发，我们
背道又相向，锈迹斑斑的呼吸
谜一样生长
白云牵着牛羊，日出又日落

阳台上的少年

那日，我乘车经过
你出现在阳台上，目光
如天上隐隐的白
你把两只手垂在后退的
时光里

那时，我转过头来
你站在阳台上，目光
倾泻而下，阴阴的天空
沉沉的你的眼眸

那刻，我望向前方
颠簸的一路，我还记得
阳台上的少年，一度
褪色的你的衣角

从不知道

我从不知道你看着我时
你所期盼的心情
我把所有的目光集中在那
你看不到的地方，比如墙角的小草
再比如，我一个人的那座碉堡

从不知道，你的想念在
无数个安静的夜晚来得
像轰隆隆的雨，我却不知如何
把它收藏于心

从不知道，你的每一次电话
都是寻着我只字片语继续着
我从来都不曾知道
我的只字片语，也能支撑了你
所有的爱，那宽广如海的爱啊

我却从不知道，我该怎样
怎样明白你予我那场
深深的，深深的告白

满眼沉默

我终于把千言万语
写成了满眼沉默
每一粒尘埃都是我
漫无边际的沉郁

春日里，雨滴藏着我的秘密
我终究还是
把泪水注入了雨滴里
茫然若失，茫然若失

山那边，你把你满眼的期盼
付诸给一片飘向我的云
那白云，融尽了身子
支离破碎
我最终如考古般
翻看着白云的碎片
模糊的叮嘱，我的沉重

那满眼沉默被我
兀自雕刻成一朵花
雨水滋养着
我想明天，它会开成千言万语

端午感怀

旗鼓阵阵的河堤充斥着迷一样的呐喊
岸上的目光黏在愈发激烈的龙舟竞渡上
粽叶包裹着一整个古老的端午
而人们各自道着端午安康

被打包的课桌

一张课桌
在清晨那一抹阳光中
静静地躺着
诉说着逝去的时光

两张课桌
顺着阳光的纹路
即将被尘埃打包
承载着恍若隔世的悲凉

三张课桌
伴着夏蝉的鸣声
暗淡了颜色
一阵风，取悦了我
因为，它吹散了桌上的尘埃
但当我小心地，小心地推开
推开那扇虚掩着的门时，我看见

尘埃依旧在打包
一点一点地
打包着每一张有故事的课桌。

匆 匆

你像一阵风
去了又来了
悄然
吹醒沉睡的我
睁开眼
你却消失在我双眸

你我之间
隔着一扇百叶窗
窗内，我低头沉吟
窗外，你肆意绽放

当我推开窗
你却又如一阵风
来了又去了

寻

你打从时光里来
走过熟悉的街角
看过熟悉的风景
唯一不熟悉的是那时间的气息

蓦然回首
你说你要回到时光里去
因为
时光不老，我们不散
在雨雾氤氲之时
你藏起来
我找不到你

穿越你走过的街道
看着你看过的风景
在陌生又熟悉的时光里
寻你

却在梨花落尽时
与你
越走越远

凌晨四点的蓝

我好似一颗星星
在幽蓝且暗黑的天空中
曾无数次仰望星空
仰望自己

闭上眼
我看见那盛开的夜来香
那夜来香
它们开在悄然的夜下
开在我微凉的心中

尔后又不见
消失在心的宇宙边缘
而心
是凌晨四点的蓝
睁开眼
清凉的微风

从敞开的窗户吹进
探问我魂兮何处

晚归的雪

就在十年前
我和雪走散了
痴情地等，失落地寻
她不见了

我翻出她的照片
一遍一遍地看
想着她的样子
一幕一幕地走
她不会再来看我了！

就这样吧，随风而逝
她或许不记得我了
或许去旅行了，全国各地
说把最美的照片发给我
我就在时光里，等啊等

风撞击着门
制造了一场动静
暗夜里，悄悄地
她来了，从天而降
落在我的窗台上
对我说
你还好吗？我来看你了

雁南飞

一条公路
拼命地向前延伸
东偏南四十五度角
是家的位置

我什么也没有带
只是把自己打包
趁着天晴
一路向南

一群大雁飞过
几声电话铃响
我说
还有四十分钟就到了

最远的地方

如一幅单调的素描
黑与白之间
藏着各自的单调
寂静，如同熟睡的老人
安然，波动额头的皱纹

仿佛所有，此刻
都顺理成章地来
脚下的石头，烂得
横尸遍野
疲惫的墙壁，一根一根
被抽掉筋骨
倒入了童年的烟雨濛濛

门口的青翠竹林
在灰白的素描中，徒劳
添上了格格不入的寂寥

我说，在某个夏天
干瘪的蒲扇，一摇一拐地
扇动了多年后的情愫
你就在那边，兀自
老去了

那时候，溪水
永远流的很慢
杂草永远活不久
时间骗我们说漫长
我骗时间，说
那最远的地方是故乡

戏

我踮起脚，固态的夜
挤了挤我
今夜的那场表演
爷爷说叫灯戏

清若泉水的二胡声
时快时慢
呼出儿时傍晚屋顶
那一条炊烟
时浓时疏
鼻梁上那一抹白
众人吆喝下，晃动起来
把激情抛给
浓妆艳抹的油纸扇
俗称：夫唱妇随

乡亲围些戏
我围着年，洞悉
那飘忽闪烁的腔调

说给你听

如果可以，我要说给你听
你的神色，是我抹不去的记忆
我就这样想着，无关乎
冬去春来

如果可以，我要说给你听
你的微笑，是我忘掉浮沉的定心丸
我就这样念着，无关乎
日晒雨淋

如果可以，我要说给你听
就像夏夜的虫鸣
声声都是我的心意
就这样说着，无关乎
你在哪里

如果可以，我要说给你听

我的花园里，一直种着你的温柔
待它开花，你就
帮我戴在头上

啊！但是命运为何要这般弄人
我的花园开满了花
我的夏天凉风习习
你却不能趁着天晴
和我一起除草施肥

缠　绕

树注定被藤蔓
紧紧地拥抱
即使喘不过气
而我，快不行了
我不是树，我只是个人

藤蔓的勒痕
是它对树的情有独钟
我不是树，不能纵容
也不想纵容记忆对我
无穷无尽的缠绕
纵然它有万古深情

快不行了，快不行了
一条腿已经断在路上
记忆紧紧地缠绕
如果可以再选择

我做一棵简单的树吧
任藤蔓塑造我凹凸的样子

在一个风和日丽的早晨
所有的人经过
我都不认识，也不去认识
我没有了记忆，再不会被缠绕

枋 杵

于是，我布下天罗地网
向时间下了通缉令
所有人都走了，他们
挥挥手向我示意
抛给我的，是一封
没有句点的劝说信

撕掉你的苦口婆心
我用仅有的记忆，那并非
铁轨一样长的记忆
去封杀每一条狡黠的破绽
从前的河，从前的水
从前的人，从前的物
都发出了腐烂的味道

警犬的凶神恶煞
吓跑了世界上内心险恶的人

一位老人，河边沧桑的身影
还有，拿着枋杵敲打的
那只手

我拿出手铐，铐住了
那只滴着水的枋杵

河水变得污浊，时间长了皱纹
冰冷的牢房里，一只枋杵
狠狠地加速腐坏

注：枋杵，方言，农村洗衣服的用具。

折叠与舒展

一张纸，兀自平躺
那是一个，关注舒展的故事
它也会起身，在污泥里翻滚
或者，给自己涂上带水的颜色
风把水吹干，它折叠了一身
泛黄泛老

别把我刻成木偶

当我悄悄地把刻刀藏住
一不小心，我就掉了出来
像一块木头，重重地掉落在地

满天的碧波荡漾
原来是我错把海洋看成了天空
错把自己看成了木头

那也请别把我刻成木偶
挂在灰暗的天上
雨点腐蚀我的金发
狂风穿透我的内脏

麻木不仁，请别把它往我身上刻
锋利刻刀，请别冻结我流动的思想

别把我刻成木偶
我砰的一声掉了出来
像一块暴露了的木头

什么也没说

什么也没说，朝着
陌生又熟悉的方向
一片树叶落在地上
翻来覆去，疼痛难忍

什么也没说，走到
英烈们逝去的地方
一声叹息掉在地上
滚入冰冷的白骨里

什么也没说，看到
时光上演的一幕又一幕
沉痛悲凄的
如同血一样浓烈的画面
我什么也没说，什么也没说

鸡蛋清

卷入漩涡，就没有了
你一直恪守的样子

我把鸡蛋打碎
眼泪一般透明的液体
是鸡蛋清
蛋黄如狂热的太阳
掉入碗里

搅拌得如此狰狞的
我的面容
一片金黄，卷入漩涡

就连我也被卷入
一片旋转的金黄
头晕目眩，把自己
变得如此虚无

穿上你的纱

你庞大的面孔，我竟然看不到
你是南来的谷堆，还是
北方冰雪里俏美的雪墩
告诉我，你沉默如水的脸
也会忽而露出微妙如纹的表情

哦！你是不是那一座俊山
在雨水被蒸干之后，清晰了你
如茵的山脚
我看着你，像久别的
我的爱人

你藏起来，墨色的脸上散发着雾
当所有的湿气弥漫山谷
我驰过你的身旁
你穿上你的纱
那清秀的面孔，我竟看不到

我的脚步不停地抗拒
身影将消失在那片山林里
你的脸庞我竟看不到
水墨般淡雅，水墨般脱俗

呵！你把雾气织成纱
我真的要驰过翠绿的
那山，那水
从此，看不见你，看不见你

泉　眼

幽暗的光，颤动的声音
一只泉眼，两只泉眼
不停地喷出咸热的泉水

上个世纪的笑容，僵在脸上
我的脸像被火花烫过的山
两只泉眼，在烧焦的山涧中
流出滚烫的泉水

白色的纸巾，石头一样堵在泉眼上
奔流的水花越堵越大
冲走了无数白色石头

我起身，感觉到泉眼如火一样
炽烈燃烧，肿胀得
像我的眼睛

留　白

夜降临了，星光
孤傲地一泻千里
我留住的那一抹白，星光下
忽隐忽现

当头脑疲惫不堪
夜就用星光，把一切
照得原形毕露
我脑中的留白，忽隐忽现
密如繁星，空空如也

我丢下一句说不出的话
给声音留白
星光洒满人间，洒不到声音的留白

胆小鬼

我压低了喘息声
再低，更低
世界一派宁静

我畏手畏脚地走
步子碎得像粉尘
山野的花，竟然红得
刺伤了我的眼
麻雀叫嚣着，我的步子很轻
轻的，像极了雾

把心情抱在怀里
轻拿轻放
钟摆发出嘎吱的声音
我的魂魄落了地
碎成千朵万朵

清明，荡儿坡

坟头的青草被细雨淋湿
雨化成了我的眼泪
它在空中，拼命繁衍
我在泪珠上插了一炷香
那炷香跪成了祭奠的模样
香纸的灰烬，朝着
荡儿坡上的故人无限靠近

写给母亲

我鼓起腮帮子把灶火吹旺
你经过的每一个地方都有皂香
原来，你更是一个诗人
走进田间，惊起那时光的波澜

我的心情是一棵无名的小草

树叶簌簌落下
有一颗孤星
奋力闪着微弱的光芒
它何曾知晓
二十四小时之后
东方出现白花花的亮光

树叶依旧簌簌落下
落下
那颗孤星
把心情种入土地
荒芜的土地

土地
生出了一棵无名的小草
十二个月之后
它死了

心情沙漠化
像那棵无名的小草

树叶簌簌落下
那一颗孤星
让北风风化
让流水侵蚀
让人类搬运
因为它把心情
种在了荒芜的土地上

只不过用诗歌供养着我的心

——写在最后的话

四月，如梦初醒的季节。温润的空气，时而拂起尘土的微风，总让我在忙碌的生活中贪婪吮吸来自大自然的养分。我时常将自己比作一株小草，不管风吹雨淋，都会显现出顽强的生命力。我在《掌心朝上》诗集的作者简介中也曾这样描述自己：“一个如月亮般缄默得能听见全世界的姑娘，不能照亮所有人，却能温暖周围的人。”我希望，在我的周围，那些有着苦痛和悲伤的人能在我的诗歌中找到共鸣，能在我的诗歌中得到温暖。

不管是小草还是月亮，我所希望的都是能够用心去感受世界，用爱去温暖他人。

然而说起诗歌，还不如先说绘画。于我而言，绘画在先，诗歌在后。上小学三年级的时候，我就对身边漂亮的东西有着非常浓厚的兴趣，不管是大自然的花草、衣服上的图案，还是书本上的插画。然而，这些美丽的东西却不是我的，我又想把它们占为己有，于是便想了个主意：一本图画本，一盒水彩笔，这些东西就都跑到我的图画本上了。后来，我身边的亲人朋友惊奇地发现，我居然有绘画的小天赋。于是在他们眼中，我成为了“小画家”，而我也为我的小天赋感到自豪。刚升初一，就被美术老师如“选秀”一般选去进一步学习绘画。每天吃完中饭就跑去画室，对着画室的石膏像构图，确定明暗面，上调子，为比赛做准备。那个时候，我以为我会走上艺术生这条道路，直到后来天赋无力供养时，我选择了继续读书考大学。而真正接触诗歌是在初三那年暑假。所有的诗歌爱好者第一次接触现代诗歌，必定会说出影响自己的著名诗人，而我的启蒙人却是我的好朋友。我的好友不但喜欢诗歌并且还自己写诗，当她拿着自己的诗歌给我看的时候，我惊讶地发现世界上还有这样一种优美舒适的文体，于是我便深深爱上了诗歌。我甚至不知道诗歌的写作技巧和方法就开始写诗，每日一首，极度迷恋着诗歌。乡镇中学没有什么书店，唯一的一所新华书店里的书也是少得可怜。所以，我除了教科书就是大堆作文书，诗集一本都没有。于是，我经常打电话让我父亲给我从他打工的城市买书寄给我，渐渐的，我的房间堆满了父亲给我买的书。

中学时创作的诗歌大多数是直抒胸臆的诗，歌颂同学情谊，书写青春回忆等等。虽然写得十分浅显易懂，平淡无奇，但也在班上同学中阅读传抄过。如果说我写诗歌完全是因为对诗歌这种文体的喜爱，那就有些绝对化了。我在大学阶段写过一首诗《供奉》：

我小心翼翼，小心翼翼地
把呼吸变浅，双手合十
我时常抬起头仰望它

仰望，是那般安静肃穆，像一场
神圣庄严的祈祷会，只是
一低一抬，区别了我的行为
我是朝拜着它，一刻
也不停留

我捻手捻脚地，像这样
靠近它，好像准备随时
让它带走我的灵魂，只留下一具
没有影子的渺小的躯壳
时常抬起头仰望，再闭上眼
遥远的我的心情，山风吹拂着
再一次，我仍然朝拜它
日日夜夜

时间，阴差阳错地走失在每一个
夕阳西下的地方
我点亮心灯，把我渺茫的爱好
挂在一面苍白的墙上
供奉着，如此
绝望而虔诚

如果对我不是很了解的话，读这首《供奉》便会觉得一头雾水、不知所云。这首诗歌可以说是在极度达不到自己诉求时，蓄势而发创作出来的一首诗。“我小心翼翼，小心翼翼地/把呼吸变浅，双手合十/我时常抬起头仰望它/仰望，是那般安静肃穆，像一场/神圣庄严的祈祷会……”诗歌开篇便直接描写我自己的动作和行为像一场“祈祷会”。祈祷会是什么？只有在自己无能为力的时候才会想着去祈祷。所以，“我捻手捻脚地，像这样，靠近它，好像准备随时让它带走我的灵魂”。让我的爱好——美术，带走我的灵魂，让我终身皈依。但实际上，我只能把它挂在苍白的墙上，绝望而虔诚地供奉着。为何绝望？我怕自己像《伤仲永》那篇文章描述的一样，渐渐失去了原本的天赋和爱好。为何又虔诚？我想把爱好当作信仰一样虔诚供奉着，始终坚持所爱，这样就不会在生活中把爱好渐渐给走丢。

常有人说，艺术是相通的。我也不知道这渺小的爱好能否称得上是艺术，但我知道绘画和诗歌是肯定相通的。所以，我的诗歌创作原因除了我对诗歌的喜爱，还有绘画的诉求。我甚至时常说“我的诗歌就是绘画的衍生品”。我喜欢描述，喜欢意境，在不能用画笔画下那种意境的时候便会通过诗歌描述出来。我描述出来，剩下的就是读者自身的想象了。

而说完这两点诗歌创作的原因，还有一些诗或许就是我情感的涌喷式结果。比如《我的心情是一棵无名的小草》就直接写出生活中的不快引起的心情堵塞。这就有点像著名诗人刘年所说“诗歌，是人间的药。人间存在着各种各样的病症，所以人类发明了诗歌”。或许，诗歌真的能治愈人间疾苦。

我庆幸，我能用上诗歌这种药。

当人们投以观赏又好奇的目光时，我也只不过想告诉人们——只不过是用诗歌供养着我的心。就像你烦恼时跑步、快乐时看书一样。诗歌是我分享悲伤与喜悦的一种生活方式，离不开了，自然也就成自然了。

四月末，收到出版社发来的诗集排版清样，不禁感慨颇多。这本诗集汇聚了从高中到大学精选的一百余首诗歌。当然，都是打乱顺序的，所以读起来可能会感觉诗风各异，水平不一。但每一首诗都记录了自己的青春历程，愉悦也好，悲痛也罢。我所不辜负的便是青春了。

一路走来，支持我的人很多。特别感谢吴昕孺老师为我的诗集写序。着实佩服吴老师，对我诗歌的分析和评述十分精确到位，也为我日后的创作提供了可贵的建议。在这里对所有支持我的老师、朋友、同学表示感谢！

梦想，即将打开。愿我们都能用诗歌供养着内心！

石慧琳

2017 年 4 月 28 日写于湖南吉首大学